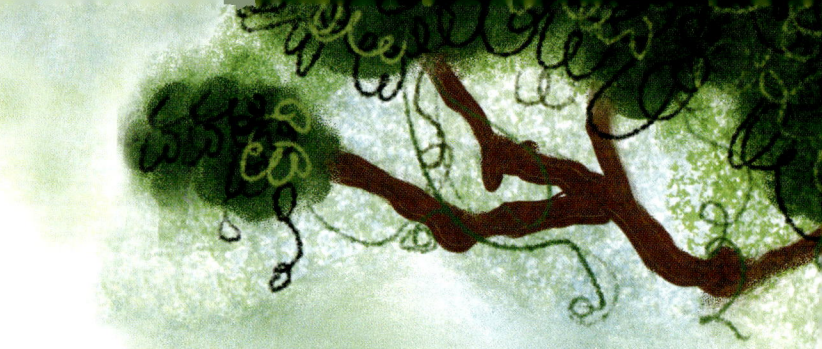

•••PARA OS MEUS TRÊS FILHOS, SOUL REBEL, SKIP E SAIYAN, QUE REPRESENTAM TUDO PARA MIM, TODOS OS DIAS, E PARA BOBBY, NOSSO CÃO LABRADOR COR DE CHOCOLATE MUITO ESPECIAL, QUE NOS DÁ TANTO AMOR.
— CEDELLA MARLEY

•••PARA HASHEM E MINHA COMUNIDADE, COM QUEM DIVIDO ONE LOVE [UM SÓ AMOR]: RAY, COY, LORI, ERIC, LORDEAN, ILENE E YVONNE. OBRIGADA PELO AMOR E PELAS PRECES, NESTER.
— VANESSA BRANTLEY-NEWTON

•••

Texto © 2011 Cedella Marley.
Ilustrações © 2011 Vanessa Brantley-Newton.
Todos os direitos reservados. Nenhuma parte deste livro pode ser reproduzida em nenhum formato sem a autorização por escrito do editor.

© 2011 Martins Editora Livraria Ltda., São Paulo, para a presente edição. Esta obra foi originalmente publicada em inglês pela Chronicle Books LLC, São Francisco, Califórnia, sob o título One Love – *Based on the song by Bob Marley* por Cedella Marley e ilustrada por Vanessa Brantley-Newton.

Publisher *Evandro Mendonça Martins Fontes*
Coordenação editorial *Vanessa Faleck*
Produção editorial *Danielle Benfica*
Preparação *Paula Passarelli*
Revisão *Denise Roberti Camargo*
Alessandra Maria Rodrigues
Flávia Merighi Valenciano

Dados Internacionais de Catalogação na Publicação (CIP)
(Câmara Brasileira do Livro, SP, Brasil)

Marley, Cedella
  One love : baseado na canção de Bob Marley /adaptado por Cedella Marley ; ilustrado por Vanessa Brantley-Newton ; tradução Christine Röhrig. -- São Paulo : Martins Fontes – selo Martins; São Francisco : Chronicle Books, 2011.

  Título original: One love : based on the song by Bob Marley
  ISBN 978-85-8063-034-3

  1. Música - Literatura infantojuvenil
I. Brantley-Newton, Vanessa. II. Título.

11-09549   CDD-028.5

Índices para catálogo sistemático:
1. Música

Todos os direitos desta edição reservados à
Martins Editora Livraria Ltda.
Av. Dr. Arnaldo, 2076
01255-000 São Paulo SP Brasil
Tel.: (11) 3116.0000
info@martinseditora.com.br
www.martinsmartinsfontes.com.br

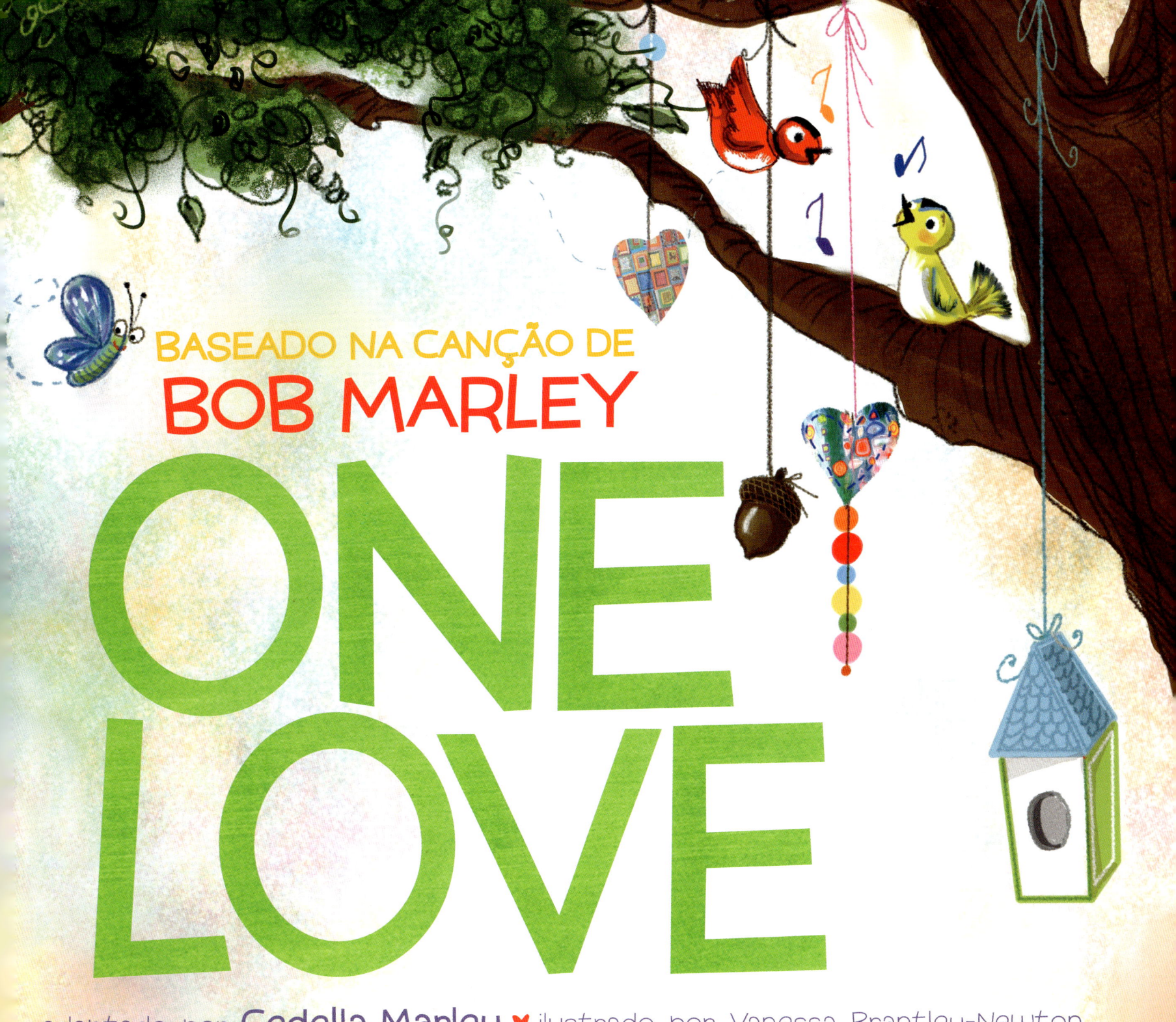

BASEADO NA CANÇÃO DE
BOB MARLEY
ONE LOVE

adaptado por Cedella Marley ♥ ilustrado por Vanessa Brantley-Newton

Tradução Christine Röhrig

martins fontes
selo martins

One love,

one heart,

let's get together
and feel all right!

Um só amor,

um só coração,

todo mundo junto
é bem melhor!

One love,
>Um só amor

what the flower gives the bee.

é o que a abelha retira da flor.

One love,

Um só amor

What Mother Earth gives the tree.

a árvore recebe da Mãe Natureza.

let's get together and feel all right!

todo mundo junto é bem melhor!

One heart,
 like the birds,
I long to be free.

Um só coração,
 quero ser livre
 como os pássaros.

One love,
 like the river
  runs to the sea.

Um só amor,
 como as águas do rio
  correm para o mar.

Let's get together and feel all right!
Todo mundo junto é bem melhor!

One love,
   when your hand
reaches out for me.

Um só amor,
   quando você me
estende a mão.

One heart, when we touch,
Um só coração, quando nos abraçamos,

*"Um só amor, um só coração,
todo mundo junto é bem melhor!"*

É fácil e verdadeiro, mas parece a coisa mais difícil de se fazer. Desde o início humilde na Jamaica, o que meus pais incutiram em nós sempre foi, e ainda é, o amor.

Um dia meu pai disse: "Crianças são maravilhosas, são parte da minha riqueza". A riqueza não era financeira, mas sim o prazer que sentia em seu coração quando olhava para os seus filhos. Eu sinto o mesmo toda vez que olho para os meus três filhos. Assim, quando comecei a transpor a canção "One Love" para este livro ilustrado, eu sabia de antemão que seria um projeto afetuoso.

Penso que todo mundo tem uma "canção da sorte", e "One Love" é a minha. De certa forma, é a canção da sorte de todo mundo. Também é uma canção de cura, e eu a cantava para os meus filhos quando ficavam doentes. "One Love" é também uma linda canção de ninar. Lembro-me de que a cantarolava baixinho enquanto me aconchegava aos meus filhos naquelas noites em que nada parecia dar certo para eles... ou para mim.

Quando meu pai cantava a canção "One Love", ele a vivia em todos os sentidos – coração e alma, mente e corpo. Ele acreditava ser possível unir o mundo pelo amor, e isso é realmente possível. Dizia que "tudo que temos de fazer é dar um pouco, receber um pouco". Meu pai queria que as pessoas abraçassem umas às outras e que cuidassem umas das outras. Esta foi e sempre será a mensagem de "One Love". E eu procurei passar essa mensagem de amor e de comunhão a todos os leitores deste livro.

Espero que "One Love" se torne sua "canção da sorte-cura-ninar", porque eu sei que ela poderá fazer por você o que sempre fez por mim e por meus filhos.

Amor para todos!

Cedella Marley